俳句俳画集

眼鏡土竜《めがねもぐら》

Sameshima Yoshiko

鮫島芳子

石風社

足元の小さな野の花に捧げます

俳画俳句集

眼鏡《めがね》土竜《もぐら》

行く道に花の咲かない道はなく

こぼれ落つ小さき白きはこべかな

野に祈る紅やさしほとけの座

なずな草惜しみなき愛細き手に

動きたき力余って啓蟄日

道の辺の小さきむらさきすみれかな

他を立てゝさゝえて生かすカスミ草

たんぽゝの陽だまりのある土手の道

少しづゝ日は長くなりふきのとう

雪舞いて空は重たき一分咲き

花開く別れの時を刻みつゝ

春雨はゆたかに沁みて草萠ゆる

音も無く絶ゆることなく春の雨

一面をひとり占めしてれんげ草

亡き子を偲びながら

土手の風手つなぎし日の母子草

ためらわずからすえんどう陽に向う

犬ふぐり小さき青は野に満てり

ごはんよーと呼ぶ声が聞こえてきそうな気がします

彼方より我呼ぶ声の勿忘草

翁草齢静かに白きひげ

触れる手を拒みて山のあざみかな

透きとおる羽根陽をうけて蝶は舞う

急ぎゆく人を眺めて姫じょおん

亡き子を偲んで

若くしてひなげしの花散りたもう

胸で聴く釣鐘草の鐘の音

朝露の玉に若葉と青い空

介護の生活の中で

目の前で静かにくずるぼたんかな

さぎ草の秘めたる夢は大空に

あじさいは雨の描きし空の色

雨にぬれ淋しさも慣れ姫じょおん

くちなしの香の立ち上がる雨上り

くもの巣の手技の光る雨上り

どくだみの白のみ映ゆる朝の庭

小さき手にこぼれる光ほたるかな

ひまわりは夕日の色を顔に受け

ブナの木の作る暗さの夏の阿蘇

ひまわりの大きな笑顔ゆれる丘

蟬の殻欲を捨て去る軽さかな

赤きバラ棘に孤独を隠しつゝ

まっすぐをひたすら願いねじりばな

生きてゆく悲しみに咲く赤きバラ

ほとゝぎすふくらむ夢のつぼみかな

たでを喰う虫を許して草ごころ

露草の青い瞳は露にぬれ

遠き日の線香花火かやつり草

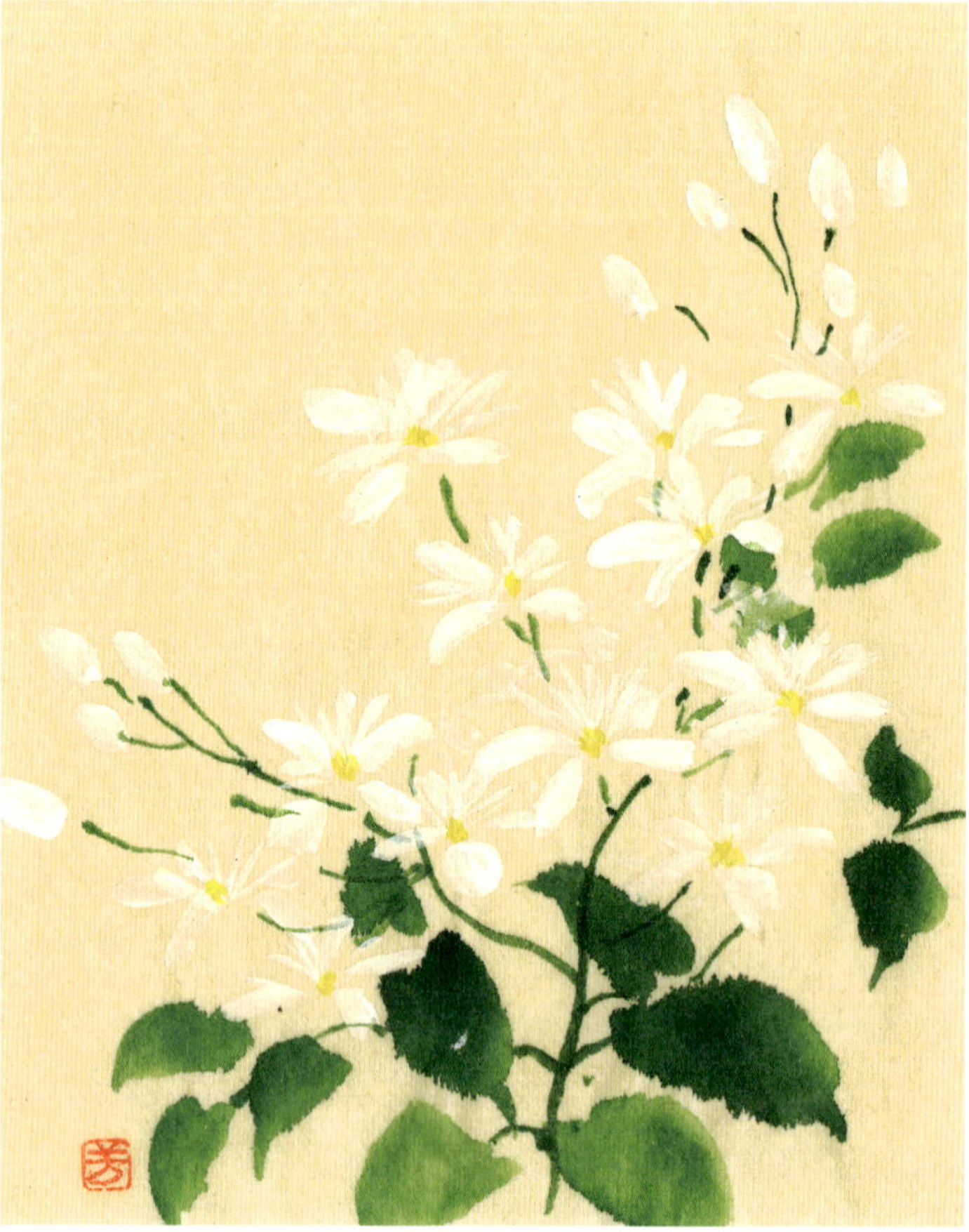

仙人草迷いを捨てゝ山ごもり

山からか野からか海か秋の風

秋の田はホコホコの土みみず棲む

鳴き始むとぎれ〳〵の庭の虫

秘しものを残らず出して紅葉散る

いちょう舞う老いの自然の美しさ

いわし雲果てなき空に届く丘

ひがんばな燃える畔道たどりつゝ

秋雨は草の葉つたい地に降りる

葉蔭にて咲きて散りゆく葛の花

手のひらにこぼれる涙萩の花

コスモスの丘の彼方の阿蘇の空

風の野辺かすかに赤き吾亦紅

澄み切った風をまといて野菊かな

コスモスを従えて行く山の風

寄り添いて群れて咲けども吾亦紅

水引きのこぼれずゆれて山の道

すゝきの穂風を追いつゝ追われつゝ

虫の音に囲まれている夜半の月

ふくろうの声する森の暗さかな

大木の影を描きて月明り

ねそびれしふくろう丸い月を背に

枯葉踏む音のみひゞく宮の道

終りとも始めとも見ゆ枯葉かな

冬の空不動の光一つ道

何もかも失くして高き冬木立

つわぶきの短か陽惜しみ競い咲く

白もまたあたゝかきかなぼたん雪

シクラメン赤にこもれる赤さかな

サポートのランプは赤きチロリアン

星生まれ心を燃やす聖夜かな

水仙のうつむく乙女香る庭

枝先でふるえる重さ藪椿

朝ぐもり十字に祈る白き花人の世の苦を名に負いて立つ

高き空指して届かぬ冬木立年老いし指風にさらして

行く人に踏まれるさだめ受け入れてタンポポは今輝いて咲く

花が
花として
生き切ったとき
花の死は
死ではない
人も
そうかもしれない

いい人と云われると
あわてる
それほどでもないと
思うから

悪い人と云われると
安心する
それほどでもないと
思うから

遠い星から
眺めたならば
丸い地球の
その中は
ブルーデージーの花が
いっぱいと思うだろう

風が届けた
招待券
夕ぐれに始まる
コンサート
すゞ虫よりの
ご案内

まっすぐに
我を見つめる
病む夫の
瞳を背に
雨の帰路

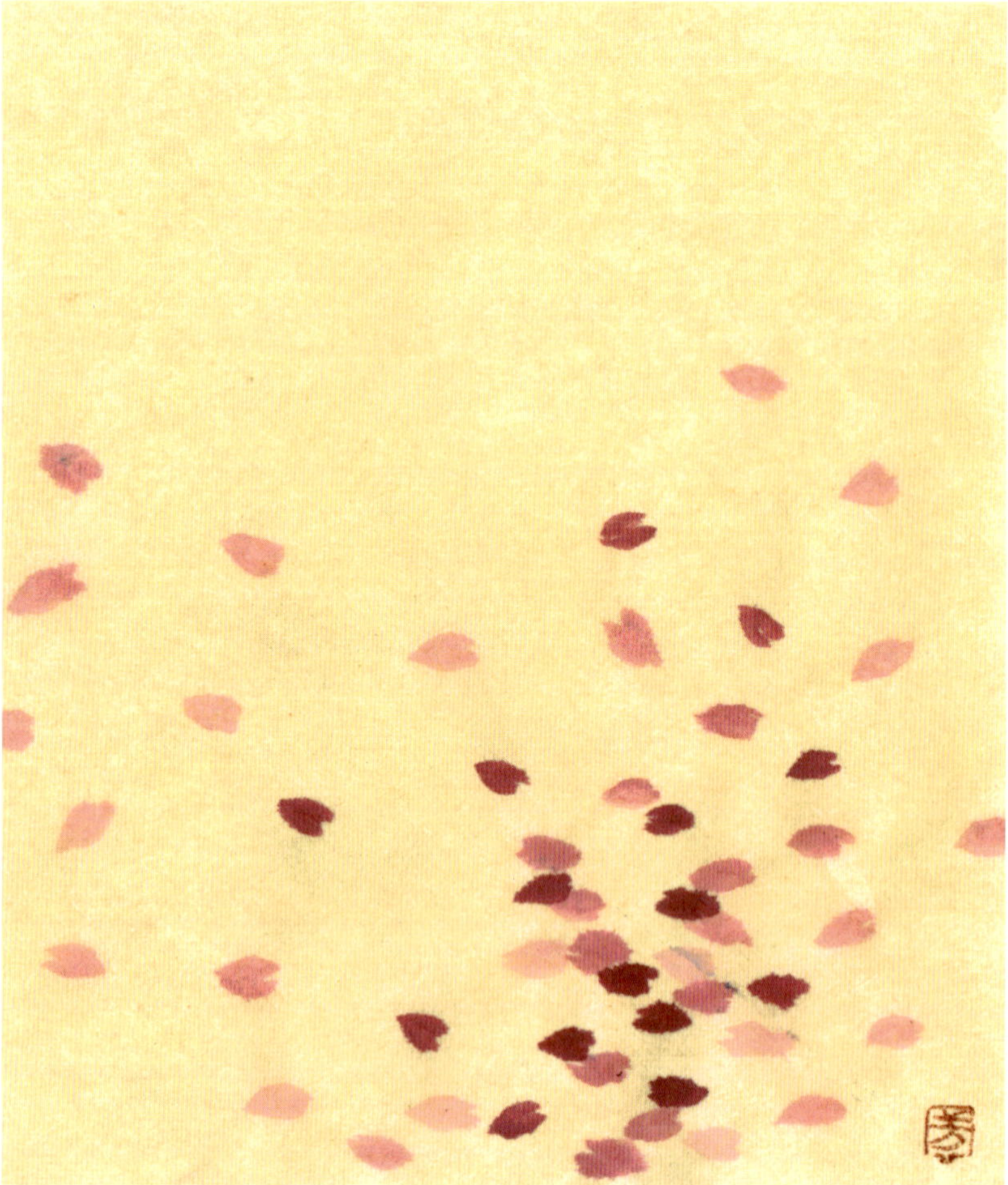

花が散るのは
風のせいでしょうか
いいえ　そうではありません
花は　その時が来たならば
風に誘われ　励まされて
どこかに黙って
去ってゆくのでしょう
行き先は
風に聞いてください

淋しき山の　木の根元
行く人とても　なきところ
小さきむらさき　すみれ花

寂れた里の　畔の道
訪う人も　なきところ
淡き青なり　野菊たち

雲望む崖　蔭に立ち
気付く人とて　誰も無く
清き紅　山あざみ

お花屋さんに
並ぶ花
誇りも高く
声高に
私はここと
呼びかける
野に咲く花は
小さくて
やさしくそっと
ほゝえみを
気付く人だけ
届けてる

水平線の　むこう
遠い空
懐かしく　また　とり返せない
いつかの空

山並みの　むこう
遠い空
歩みつゞけ　夢かなう
いつかの空

あなたが
どんなにみじめでも
ミーは少しも
変わらない
あなたの中の素敵な
ほんとうのあなたを
いつまでも……ずっと
ずっと……見つめている

あなたの足は
昼夜歩きつゞけた
あの引揚の行軍を
思い出すだろうか

ベッドの中の
細く　動かない足
その中に　その力が
ひそんでいるかもしれない
それは同じ足　同じ足だから

あなたの心の翼は
二人で歩きながら
歌ったあの土手に
飛ぶのだろうか

ベッドの中の
細く　動かない体
その中に　若い心が
ひそんでいるかもしれない
それは同じ人　同じ人だから

おわりに

平成元年のことです。ピンポーンという音で玄関に出てみますと、花束を抱えた若い女の人が立っていました。交通事故で亡くなった十九歳の息子の同級生の方でした。次の日、また別の方であったりして、いろんな方から花束を頂戴し、お参りに来て頂きました。

はじめはお花で慰められているのか、苦しかったのでよく解りませんでした。でも花束を抱えて立っている彼女たちの姿が神々しい程美しく優しく見えました。その時、人をあまり信じることができなかった私に、その姿を見せる為に、こんな経験をさせられたのかもしれないと感じたことを思い出します。

バケツに入れても玄関の外にまであふれる花の水を替えたり、整理したりして、花に埋もれているような一年程を過ごしました。気がついたら、いつの間にか花の絵ばかり描いていました。もともと絵は好きだったけど、忙しい家庭生活の中で絵を描くことは忘れていました。季節〳〵に咲く花を見つめ、それを描くという生活が自然になり、また楽しみにもなり、いつしかおだやかに日々を過ごすことが出来るようになっていました。同級生のみなさんには慰めて頂きまして、心から感謝しております。本当に有り難うございました。

機会がありまして、松下黄沙先生の墨画の指導を、通信で受けさせて頂きました。先生の力強い無駄の無い動き、空気感あふれる墨画を観て、本当に強い衝撃を受けました。通信で一歩〳〵、また病気もあったりして、のろ〳〵の学びでしたが、まるで魂の汚れを落としシンプルになるための努力のような日々で、とても幸運だったとつくづく思います。

平成十七年に主人を亡くして一年後、めまいとふらつきが続き、筆も持たない日々となりましたが、四年程前より急に詩や俳句が出てくるようになり、書きためていました。昨年秋からはそれに花の絵を添えるようになりました。墨画で描けるといいと心より思っているのですが、とても未熟なので、以前から描いていました顔料で描きました。それを今回、石風社の藤村様の御指導を受け、出版することになりました。

絵は墨画は描けなくとも、松下先生の「詩情のあること、墨色の美しいこと、本質をとらえること」等の教えを心に持ちながら、つたない乍ら描いてみました。俳句も、先生の教えと同じように、見えないものを描くことに努めましたので、表題を「見えないけれど色めがねをかけてでも見る」という気持で『眼鏡土竜』と致しました。家族、親戚、友人達のほんの慰めになれば幸いです。

平成二十五年二月

鮫島芳子

鮫島芳子　（さめしま・よしこ）

昭和13年3月福岡生まれ。主婦。

俳句俳画集　眼鏡《めがね》土竜《もぐら》

二〇一三年五月二十日　初版第一刷発行

著　者　鮫島芳子

発行者　福元満治

発行所　石　風　社

福岡市中央区渡辺通二―三―二四

電　話０９２（７１４）４８３８

ＦＡＸ０９２（７２５）３４４０

印刷・製本　シナノパブリッシングプレス